INSPIRAÇÕES

DADOS PESSOAIS

NOME

SOBRENOME

RESIDÊNCIA

TELEFONE CELULAR

E-MAIL

ENDEREÇO PROFISSIONAL

FAX

E-MAIL

WEBSITE

MÉDICO TELEFONE

TIPO SANGUÍNEO RH

ALERGIAS

VACINA VALIDADE

VACINA VALIDADE

VACINA VALIDADE

IDENTIDADE EMITIDO POR VALIDADE

PASSAPORTE VALIDADE

VISTO VALIDADE

VISTO VALIDADE

CARTEIRA DE HABILITAÇÃO

PLACA DO CARRO PLACA DA MOTO

CONTA BANCÁRIA

CARTÃO DE CRÉDITO

ASSISTÊNCIA MÉDICA

EM CASO DE ACIDENTE AVISAR A

Paulo Coelho

INSPIRAÇÕES

2010

INSPIRAÇÕES

Somos todos parte da centelha divina.
Temos todos um propósito na criação, chamado Amor.
Acorde, desperte para esse amor. O que passou não deve voltar.
O que chegar precisa ser reconhecido.

O VENCEDOR ESTÁ SÓ

2010

JANEIRO

S	T	Q	Q	S	S	D
				1	2	**3**
4	5	6	7	8	9	**10**
11	12	13	14	15	16	**17**
18	19	20	21	22	23	**24**
25	26	27	28	29	30	**31**

1 Confraternização Universal

FEVEREIRO

S	T	Q	Q	S	S	D
1	2	3	4	5	6	**7**
8	9	10	11	12	**13**	**14**
15	**16**	17	18	19	20	**21**
22	23	24	25	26	27	**28**

13 – 16 Carnaval

MARÇO

S	T	Q	Q	S	S	D
1	2	3	4	5	6	**7**
8	9	10	11	12	13	**14**
15	16	17	18	19	20	**21**
22	23	24	25	26	27	**28**
29	30	31				

ABRIL

S	T	Q	Q	S	S	D
			1	**2**	3	**4**
5	6	7	8	9	10	**11**
12	13	14	15	16	17	**18**
19	20	**21**	22	23	24	**25**
26	27	28	29	30		

2 Paixão de Cristo
4 Páscoa
21 Tiradentes

MAIO

S	T	Q	Q	S	S	D
					1	**2**
3	4	5	6	7	8	**9**
10	11	12	13	14	15	**16**
17	18	19	20	21	22	**23**
24	25	26	27	28	29	**30**
31						

1 Dia do Trabalho

JUNHO

S	T	Q	Q	S	S	D
	1	2	**3**	4	5	**6**
7	8	9	10	11	12	**13**
14	15	16	17	18	19	**20**
21	22	23	24	25	26	**27**
28	29	30				

3 Corpus Christi

JULHO

S	T	Q	Q	S	S	D
			1	2	3	**4**
5	6	7	8	9	10	**11**
12	13	14	15	16	17	**18**
19	20	21	22	23	24	**25**
26	27	28	29	30	31	

AGOSTO

S	T	Q	Q	S	S	D
						1
2	3	4	5	6	7	**8**
9	10	11	12	13	14	**15**
16	17	18	19	20	21	**22**
23	24	25	26	27	28	**29**
30	31					

SETEMBRO

S	T	Q	Q	S	S	D
		1	2	3	4	**5**
6	**7**	8	9	10	11	**12**
13	14	15	16	17	18	**19**
20	21	22	23	24	25	**26**
27	28	29	30			

7 Independência

OUTUBRO

S	T	Q	Q	S	S	D
				1	2	**3**
4	5	6	7	8	9	**10**
11	**12**	13	14	15	16	**17**
18	19	20	21	22	23	**24**
25	26	27	28	29	30	**31**

12 Nossa Senhora Aparecida

NOVEMBRO

S	T	Q	Q	S	S	D
1	**2**	3	4	5	6	**7**
8	9	10	11	12	13	**14**
15	16	17	18	19	20	**21**
22	23	24	25	26	27	**28**
29	30					

2 Finados
15 Proclamação da República

DEZEMBRO

S	T	Q	Q	S	S	D
		1	2	3	4	**5**
6	7	8	9	10	11	**12**
13	14	15	16	17	18	**19**
20	21	22	23	24	**25**	**26**
27	28	29	30	**31**		

25 Natal
31 Véspera de Ano-Novo

2011

JANEIRO

S	T	Q	Q	S	S	D
					1	**2**
3	4	5	6	7	8	**9**
10	11	12	13	14	15	**16**
17	18	19	20	21	22	**23**
24	25	26	27	28	29	**30**
31						

1 **Confraternização Universal**

FEVEREIRO

S	T	Q	Q	S	S	D
	1	2	3	4	5	**6**
7	8	9	10	11	12	**13**
14	15	16	17	18	19	**20**
21	22	23	24	25	26	**27**
28						

MARÇO

S	T	Q	Q	S	S	D
	1	2	3	4	**5**	**6**
7	**8**	9	10	11	12	**13**
14	15	16	17	18	19	**20**
21	22	23	24	25	26	**27**
28	29	30	31			

5 - 8 **Carnaval**

ABRIL

S	T	Q	Q	S	S	D
				1	2	**3**
4	5	6	7	8	9	**10**
11	12	13	14	15	16	**17**
18	19	**20**	**21**	**22**	23	**24**
25	26	27	28	29	30	

21 **Tiradentes**
22 **Paixão de Cristo**
24 **Páscoa**

MAIO

S	T	Q	Q	S	S	D
						1
2	3	4	5	6	7	**8**
9	10	11	12	13	14	**15**
16	17	18	19	20	21	**22**
23	24	25	26	27	28	**29**
30	31					

1 **Dia do Trabalho**

JUNHO

S	T	Q	Q	S	S	D
		1	2	3	4	**5**
6	7	8	9	10	11	**12**
13	14	15	16	17	18	**19**
20	21	22	**23**	24	25	**26**
27	28	29	30			

23 **Corpus Christi**

JULHO

S	T	Q	Q	S	S	D
				1	2	**3**
4	5	6	7	8	9	**10**
11	12	13	14	15	16	**17**
18	19	20	21	22	23	**24**
25	26	27	28	29	30	**31**

AGOSTO

S	T	Q	Q	S	S	D
1	2	3	4	5	6	**7**
8	9	10	11	12	13	**14**
15	16	17	18	19	20	**21**
22	23	24	25	26	27	**28**
29	30	31				

SETEMBRO

S	T	Q	Q	S	S	D
			1	2	3	**4**
5	6	**7**	8	9	10	**11**
12	13	14	15	16	17	**18**
19	20	21	22	23	24	**25**
26	27	28	29	30		

7 **Independência**

OUTUBRO

S	T	Q	Q	S	S	D
					1	**2**
3	4	5	6	7	8	**9**
10	11	**12**	13	14	15	**16**
17	18	19	20	21	22	**23**
24	25	26	27	28	29	**30**
31						

12 **Nossa Senhora Aparecida**

NOVEMBRO

S	T	Q	Q	S	S	D
	1	**2**	3	4	5	**6**
7	8	9	10	11	12	**13**
14	**15**	16	17	18	19	**20**
21	22	23	24	25	26	**27**
28	29	30				

2 **Finados**
15 **Proclamação da República**

DEZEMBRO

S	T	Q	Q	S	S	D
			1	2	3	**4**
5	6	7	8	9	10	**11**
12	13	14	15	16	17	**18**
19	20	21	22	23	24	**25**
26	27	28	29	30	**31**	

25 **Natal**
31 **Véspera de Ano-Novo**

PLANO ANUAL PARA 2010

JANEIRO			FEVEREIRO			MARÇO		
S	1		S	1		S	1	
S	2		T	2		T	2	
D	**3**		Q	3		Q	3	
S	4		Q	4		Q	4	
T	5		S	5	◐	S	5	
Q	6		S	6		S	6	
Q	7	◐	D	**7**		D	**7**	◐
S	8		S	8		S	8	
S	9		T	9		T	9	
D	**10**		Q	10		Q	10	
S	11		Q	11		Q	11	
T	12		S	12		S	12	
Q	13		S	13		S	13	
Q	14		D	**14**	●	D	**14**	
S	15	●	S	15		S	15	●
S	16		T	16		T	16	
D	**17**		Q	17		Q	17	
S	18		Q	18		Q	18	
T	19		S	19		S	19	
Q	20		S	20		S	20	
Q	21		D	**21**	◑	D	**21**	
S	22		S	22		S	22	
S	23	◑	T	23		T	23	◑
D	**24**		Q	24		Q	24	
S	25		Q	25		Q	25	
T	26		S	26		S	26	
Q	27		S	27		S	27	
Q	28		D	**28**	○	D	**28**	
S	29					S	29	○
S	30	○				T	30	
D	**31**					Q	31	

ABRIL			MAIO			JUNHO		
Q	1		S	1		T	1	
S	2		D	**2**		Q	2	
S	3		S	3		Q	3	
D	**4**		T	4		S	4	◐
S	5		Q	5		S	5	
T	6	◐	Q	6	◐	D	**6**	
Q	7		S	7		S	7	
Q	8		S	8		T	8	
S	9		D	**9**		Q	9	
S	10		S	10		Q	10	
D	**11**		T	11		S	11	
S	12		Q	12		S	12	●
T	13		Q	13	●	D	**13**	
Q	14	●	S	14		S	14	
Q	15		S	15		T	15	
S	16		D	**16**		Q	16	
S	17		S	17		Q	17	
D	**18**		T	18		S	18	
S	19		Q	19		S	19	◑
T	20		Q	20	◑	D	**20**	
Q	21	◑	S	21		S	21	
Q	22		S	22		T	22	
S	23		D	**23**		Q	23	
S	24		S	24		Q	24	
D	**25**		T	25		S	25	
S	26		Q	26		S	26	○
T	27		Q	27	○	D	**27**	
Q	28	○	S	28		S	28	
Q	29		S	29		T	29	
S	30		D	**30**		Q	30	
			S	31				

PLANO ANUAL PARA 2010

JULHO

Q	1	
S	2	
S	3	
D	**4**	◐
S	5	
T	6	
Q	7	
Q	8	
S	9	
S	10	
D	**11**	●
S	12	
T	13	
Q	14	
Q	15	
S	16	
S	17	
D	**18**	◑
S	19	
T	20	
Q	21	
Q	22	
S	23	
S	24	
D	**25**	○
S	26	
T	27	
Q	28	
Q	29	
S	30	
S	31	

AGOSTO

D	**1**	
S	2	
T	3	◐
Q	4	
Q	5	
S	6	
S	7	
D	**8**	
S	9	
T	10	●
Q	11	
Q	12	
S	13	
S	14	
D	**15**	
S	16	◑
T	17	
Q	18	
Q	19	
S	20	
S	21	
D	**22**	
S	23	
T	24	○
Q	25	
Q	26	
S	27	
S	28	
D	**29**	
S	30	
T	31	

SETEMBRO

Q	1	◐
Q	2	
S	3	
S	4	
D	**5**	
S	6	
T	7	
Q	8	●
Q	9	
S	10	
S	11	
D	**12**	
S	13	
T	14	
Q	15	◑
Q	16	
S	17	
S	18	
D	**19**	
S	20	
T	21	
Q	22	
Q	23	○
S	24	
S	25	
D	**26**	
S	27	
T	28	
Q	29	
Q	30	

OUTUBRO

S	1	◐
S	2	
D	**3**	
S	4	
T	5	
Q	6	
Q	7	●
S	8	
S	9	
D	**10**	
S	11	
T	12	
Q	13	
Q	14	◑
S	15	
S	16	
D	**17**	
S	18	
T	19	
Q	20	
Q	21	
S	22	○
S	23	
D	**24**	
S	25	
T	26	
Q	27	
Q	28	
S	29	
S	30	◐
D	**31**	

NOVEMBRO

S	1	
T	2	
Q	3	
Q	4	
S	5	
S	6	●
D	**7**	
S	8	
T	9	
Q	10	
Q	11	
S	12	
S	13	◑
D	**14**	
S	15	
T	16	
Q	17	
Q	18	
S	19	
S	20	
D	**21**	○
S	22	
T	23	
Q	24	
Q	25	
S	26	
S	27	
D	**28**	◐
S	29	
T	30	

DEZEMBRO

Q	1	
Q	2	
S	3	
S	4	
D	**5**	●
S	6	
T	7	
Q	8	
Q	9	
S	10	
S	11	
D	**12**	
S	13	◑
T	14	
Q	15	
Q	16	
S	17	
S	18	
D	**19**	
S	20	
T	21	○
Q	22	
Q	23	
S	24	
S	25	
D	**26**	
S	27	
T	28	◐
Q	29	
Q	30	
S	31	

JANEIRO

Precisava das asas.
Elas nos mostram os horizontes sem fim da imaginação,
nos levam até nossos sonhos, nos conduzem a lugares distantes.
São as asas que nos permitem conhecer
as raízes de nossos semelhantes, e aprender com eles.

Imaginação

O VENCEDOR ESTÁ SÓ

1 Sexta-feira

2 Sábado

O guerreiro também possui suas lembranças,
mas consegue separar o que é útil do que é desnecessário.
Ele joga fora o seu lixo emocional.
Ele está mudando — e quer que seus sentimentos o acompanhem.

MANUAL DO GUERREIRO DA LUZ

3 Domingo

JANEIRO Semana 1

4 Segunda-feira

5 Terça-feira

6 Quarta-feira

7 Quinta-feira

Quando as pessoas começam a refletir sobre as decisões
que precisam tomar, geralmente terminam desistindo
— é preciso muita coragem para dar determinados passos.

O VENCEDOR ESTÁ SÓ

8 Sexta-feira

9 Sábado

Preciso correr riscos. Preciso não ter medo da derrota.

BRIDA

10 Domingo

11 Segunda-feira

12 Terça-feira

13 Quarta-feira

14 Quinta-feira

O universo sempre nos ajuda a lutar por nossos sonhos,
por mais tolos que possam parecer.
Porque são nossos sonhos,
e só nós sabemos o quanto nos custa sonhá-los.

NA MARGEM DO RIO PIEDRA EU SENTEI E CHOREI

15 Sexta-feira

16 Sábado

Desde os tempos antigos,
celebrar um triunfo faz parte do próprio ritual da vida.
A comemoração é um rito de passagem.

MANUAL DO GUERREIRO DA LUZ

17 Domingo

18 Segunda-feira

19 Terça-feira

20 Quarta-feira

21 Quinta-feira

Por isso são guerreiros da luz. Porque erram. Porque se perguntam. Porque procuraram uma razão — e com certeza vão encontrá-la.

MANUAL DO GUERREIRO DA LUZ

22 Sexta-feira

23 Sábado

No presente é que está o segredo;
se você prestar atenção no presente, poderá melhorá-lo.

O ALQUIMISTA

24 Domingo

25 Segunda-feira

26 Terça-feira

27 Quarta-feira

28 Quinta-feira

O caminho não dura para sempre.
É uma bênção percorrê-lo durante algum tempo,
mas um dia ele irá terminar,
portanto esteja sempre pronto para despedir-se a qualquer momento.

CRÔNICA – MANUAL DE CONSERVAR CAMINHOS

29 Sexta-feira

30 Sábado

Deus escreveu no mundo
o caminho que cada homem deve seguir.
É só ler o que Ele escreveu para você.

O ALQUIMISTA

31 Domingo

FEVEREIRO

O que me interessa na vida é a curiosidade, os desafios,
o bom combate com suas vitórias e derrotas.
Carrego muitas cicatrizes, mas também carrego momentos que jamais
teriam acontecido se eu não tivesse ousado além dos meus limites.

Criatividade

CRÔNICA – EU NÃO SOU FELIZ

1 Segunda-feira

2 Terça-feira

3 Quarta-feira

4 Quinta-feira

A cada minuto, a cada segundo,
este amor crescia e me transformava.
Eu voltara a ter fé no futuro, e estava — aos poucos —
voltando a ter fé em Deus.

NA MARGEM DO RIO PIEDRA EU SENTEI E CHOREI

5 Sexta-feira

6 Sábado

Quando se tem um objetivo na vida, ele pode ser melhor ou pior, dependendo do caminho que escolhemos para atingi-lo.

O DIÁRIO DE UM MAGO

7 Domingo

8 Segunda-feira

9 Terça-feira

10 Quarta-feira

11 Quinta-feira

As cordas que estão sempre tensas terminam desafinando.
Por isso, mesmo que não esteja disposto, o guerreiro da luz
faz um esforço para se divertir com as pequenas coisas do dia a dia.

MANUAL DO GUERREIRO DA LUZ

12 Sexta-feira

13 Sábado

O universo sempre conspira a favor dos sonhadores.

NA MARGEM DO RIO PIEDRA EU SENTEI E CHOREI

14 Domingo

15 Segunda-feira

16 Terça-feira

17 Quarta-feira

18 Quinta-feira

Tudo que está sob e sobre a face da Terra se transforma sempre, porque a Terra está viva; e tem uma alma.
Somos parte desta Alma, e raramente sabemos que ela sempre trabalha em nosso favor.

O ALQUIMISTA

19 Sexta-feira

20 Sábado

Existem momentos de agir, e momentos de aceitar.

MANUAL DO GUERREIRO DA LUZ

21 Domingo

22 Segunda-feira

23 Terça-feira

24 Quarta-feira

25 Quinta-feira

Soluções antigas só servem para problemas igualmente passados.
Se desejam ser criativos, esqueçam um pouco que são experientes!

26 Sexta-feira

27 Sábado

Preciso aceitar as bênçãos de hoje, para criar o que tenho; se fizer isso com desapego e sem culpa, amanhã receberei mais.

28 Domingo

MARÇO

Só descobrimos que um plano está errado
quando vamos até as últimas consequências.
Ou quando Deus misericordioso nos guia em outra direção.

Percurso

O VENCEDOR ESTÁ SÓ

1 Segunda-feira

2 Terça-feira

3 Quarta-feira

4 Quinta-feira

Existem momentos em que a vida separa
determinadas pessoas apenas para que ambas entendam
quanto uma é importante para a outra.

O VENCEDOR ESTÁ SÓ

5 Sexta-feira

6 Sábado

O futuro é caprichoso,
porque se guia pelas decisões tomadas aqui, no presente.

A BRUXA DE PORTOBELLO

7 Domingo

8 Segunda-feira

9 Terça-feira

10 Quarta-feira

11 Quinta-feira

Há muitas maneiras de servir ao Senhor.
Se você acha que este é o seu destino, vá em busca dele.
Só quem é feliz pode espalhar felicidade.

NA MARGEM DO RIO PIEDRA EU SENTEI E CHOREI

12 Sexta-feira

13 Sábado

É muito complicado viver.
É preciso correr riscos,
seguir certos caminhos e abandonar outros.

BRIDA

14 Domingo

15 Segunda-feira

16 Terça-feira

17 Quarta-feira

18 Quinta-feira

Não quero mais conversar com minhas próprias trevas.

NA MARGEM DO RIO PIEDRA EU SENTEI E CHOREI

19 Sexta-feira

20 Sábado

Se este caminho não me ensinar nada de novo a partir de agora,
ao menos aprendi algo importante: é preciso correr riscos.

BRIDA

21 Domingo

22 Segunda-feira

23 Terça-feira

24 Quarta-feira

25 Quinta-feira

Não tem grandes mistérios.
Existe o meu caminho,
e eu faço o possível para percorrê-lo com dignidade.
O caminho de quem procura o amor.

NA MARGEM DO RIO PIEDRA EU SENTEI E CHOREI

26 Sexta-feira

27 Sábado

Quem ajuda, sempre é ajudado, e precisa ensinar o que aprendeu.
Por isso, o guerreiro da luz senta-se
ao redor da fogueira e conta como foi o seu dia de luta.

MANUAL DO GUERREIRO DA LUZ

28 Domingo

29 Segunda-feira

30 Terça-feira

31 Quarta-feira

O caminho é mais importante que aquilo que a levou a caminhar.

A BRUXA DE PORTOBELLO

ABRIL

A alma gosta de coisas belas e profundas.

Inquietação

O VENCEDOR ESTÁ SÓ

Não são as explicações que nos levam para frente;
é a nossa vontade de seguir adiante.

BRIDA

1 Quinta-feira

2 Sexta-feira

3 Sábado

4 Domingo

O seu amor me salva, e me devolve aos meus sonhos.

5 Segunda-feira

6 Terça-feira

Somos responsáveis pelo Universo, porque nós somos o Universo.

BRIDA

7 Quarta-feira

8 Quinta-feira

9 Sexta-feira

10 Sábado

11 Domingo

Aceite o que a vida lhe oferece,
e procure beber das taças que estão na sua frente.
Todos os vinhos devem ser bebidos
— alguns, apenas um gole; outros, a garrafa inteira.

BRIDA

12 Segunda-feira

13 Terça-feira

Só mesmo corações vazios podem ser preenchidos com coisas novas.

14 Quarta-feira

15 Quinta-feira

16 Sexta-feira

17 Sábado

18 Domingo

O guerreiro da luz olha a vida com doçura e firmeza.
Está diante de um mistério, cuja resposta encontrará um dia.

MANUAL DO GUERREIRO DA LUZ

19 Segunda-feira

20 Terça-feira

A luz é instável, apaga-se com o vento, acende-se com o raio, nunca está ali, brilhando como o sol — mas vale a pena lutar por ela.

A BRUXA DE PORTOBELLO

21 Quarta-feira

22 Quinta-feira

23 Sexta-feira

24 Sábado

25 Domingo

Coragem não significa ausência de temores
— mas a capacidade de não se deixar paralisar por eles.

26 Segunda-feira

27 Terça-feira

O guerreiro da luz conhece o valor da persistência e da coragem.

MANUAL DO GUERREIRO DA LUZ

28 Quarta-feira

29 Quinta-feira

30 Sexta-feira

Mesmo que significasse partida, solidão, tristeza,
o amor valia cada centavo do seu preço.

NA MARGEM DO RIO PIEDRA EU SENTEI E CHOREI

MAIO

Se você acredita na vitória, a vitória acreditará em você.
Arrisque tudo em nome da oportunidade,
e afaste-se de tudo que lhe ofereça um mundo de conforto.

Sonho

O VENCEDOR ESTÁ SÓ

1 Sábado

O sonho tinha o sabor de mundo, de romance, de novas aventuras. Sabia que o amor incendeia facilmente o coração de uma mulher.

NA MARGEM DO RIO PIEDRA EU SENTEI E CHOREI

2 Domingo

3 Segunda-feira

4 Terça-feira

5 Quarta-feira

6 Quinta-feira

Nunca é tarde demais para viver seus sonhos.

CRÔNICA – COMEÇANDO AOS 70 ANOS

7 Sexta-feira

8 Sábado

O amor nunca afastou ninguém de seus sonhos.

9 Domingo

10 Segunda-feira

11 Terça-feira

12 Quarta-feira

13 Quinta-feira

Durante quatro dias tentei ignorar a voz do meu coração,
mas ela foi ficando cada vez mais forte.
No canto mais escondido de minha alma, eu ainda existia,
e acreditava em sonhos.

NA MARGEM DO RIO PIEDRA EU SENTEI E CHOREI

14 Sexta-feira

15 Sábado

Se uma pessoa sabe o que deseja da vida,
tem todas as condições para conseguir realizar seu sonho.

CRÔNICA – O CEGO E O EVEREST

16 Domingo

17 Segunda-feira

18 Terça-feira

19 Quarta-feira

20 Quinta-feira

Um guerreiro da luz está sempre comprometido.
É escravo do seu sonho, e livre em seus passos.

MANUAL DO GUERREIRO DA LUZ

21 Sexta-feira

22 Sábado

Você nunca poderia ter sido grande o suficiente se foi capaz de abandonar o seu sonho por causa da opinião de um estranho.

CRÔNICA – HISTÓRIAS DE LEITORES – O SONHO DE KARINA

23 Domingo

24 Segunda-feira

25 Terça-feira

26 Quarta-feira

27 Quinta-feira

Se vocês tiverem amor suficiente entre vocês, a colheita será farta, porque este é um sentimento que tudo transforma.

A BRUXA DE PORTOBELLO

28 Sexta-feira

29 Sábado

Há uma ponte que liga o que eu faço com o que eu gostaria de fazer.
Aos poucos, os seus sonhos vão tomando conta de sua rotina,
até que ele percebe que está pronto para o que sempre quis.

CRÔNICA — O GUERREIRO DA LUZ E SEU MUNDO

30 Domingo

31 Segunda-feira

Quanto mais se chega perto do sonho,
mais a Lenda Pessoal vai se tornando a verdadeira razão de viver.

O ALQUIMISTA

J U N H O

Um guerreiro da luz não adia suas decisões.
No momento em que toma uma decisão, o guerreiro segue adiante:
não tem mais dúvidas sobre o que escolheu,
nem muda de percurso se as circunstâncias
forem diferentes do que imaginava.

Ir à luta

1 Terça-feira

Quando alguém encontra seu caminho, não pode ter medo.
Precisa ter coragem suficiente para dar passos errados.
As decepções, as derrotas,
o desânimo são ferramentas que Deus utiliza para mostrar a estrada.

BRIDA

2 Quarta-feira

3 Quinta-feira

4 Sexta-feira

5 Sábado

6 Domingo

O medo faz com que tenhamos vergonha de mostrar nosso afeto.

NA MARGEM DO RIO PIEDRA EU SENTEI E CHOREI

7 Segunda-feira

8 Terça-feira

E ela teve certeza de que, se corresse riscos,
poderia experimentar um amor que jamais havia experimentado.

BRIDA

9 Quarta-feira

10 Quinta-feira

11 Sexta-feira

12 Sábado

13 Domingo

Um dia, sem qualquer aviso,
o guerreiro descobre que luta sem
o mesmo entusiasmo de antes.
Continua fazendo tudo que fazia,
mas cada gesto parece que perdeu o sentido.
Neste momento, ele só tem uma escolha:
continuar praticando o Bom Combate.
Não interrompe seu caminho.

MANUAL DO GUERREIRO DA LUZ

14 Segunda-feira

15 Terça-feira

As decisões devem ser tomadas com coragem,
desprendimento, e às vezes com uma certa dose de loucura
— não aquela que destrói,
mas a que leva o ser humano
a dar passos além dos seus próprios limites.

O VENCEDOR ESTÁ SÓ

16 Quarta-feira

17 Quinta-feira

18 Sexta-feira

19 Sábado

20 Domingo

Um guerreiro da luz não tem “certezas”,
mas um caminho a seguir
— ao qual procura adaptar-se de acordo com o tempo.

MANUAL DO GUERREIRO DA LUZ

21 Segunda-feira

22 Terça-feira

As mudanças só acontecem quando fazemos algo que vai contra, totalmente contra tudo que estamos acostumados.

A BRUXA DE PORTOBELLO

23 Quarta-feira

24 Quinta-feira

25 Sexta-feira

26 Sábado

27 Domingo

Caminhe com firmeza e alegria, sem medo de tropeçar.
Todos os movimentos estão sendo acompanhados pelos seus aliados, que o ajudarão no que for necessário.

CRÔNICA – SOBRE A ELEGÂNCIA

28 Segunda-feira

29 Terça-feira

Os guerreiros da luz jamais aceitam o que é inaceitável.

MANUAL DO GUERREIRO DA LUZ

30 Quarta-feira

JULHO

Talento é um dom universal.
Mas é preciso muita coragem para usá-lo;
não tenha medo de ser a melhor.

Singularidade

O VENCEDOR ESTÁ SÓ

1 Quinta-feira

Viva tudo intensamente,
e guarde o que sentiu como uma dádiva de Deus.

BRIDA

2 Sexta-feira

3 Sábado

Deixei que a música também se misturasse comigo,
lavasse minha alma dos medos e das culpas,
me fizesse recordar sempre que eu era melhor do que pensava,
mais forte do que julgava ser.

NA MARGEM DO RIO PIEDRA EU SENTEI E CHOREI

4 Domingo

5 Segunda-feira

6 Terça-feira

7 Quarta-feira

8 Quinta-feira

Mergulhamos na Noite Escura com fé,
cumprimos o que os antigos alquimistas chamavam de Lenda Pessoal,
e nos entregamos por inteiro a cada instante, sabendo que sempre
existe uma mão que nos guia: cabe a nós aceitá-la ou não.

BRIDA

9 Sexta-feira

10 Sábado

No começo de sua luta, o guerreiro da luz afirmou: "eu tenho sonhos."
Depois de alguns anos, percebe que é possível chegar onde quer.
Ele sabe que vai ser recompensado.

MANUAL DO GUERREIRO DA LUZ

11 Domingo

12 Segunda-feira

13 Terça-feira

14 Quarta-feira

15 Quinta-feira

Cada um tem uma maneira de ver a vida,
de conviver com as dificuldades e com as conquistas.
Ensinar é mostrar que é possível.
Aprender é tornar possível a si mesmo.

O DIÁRIO DE UM MAGO

16 Sexta-feira

17 Sábado

A dor de ontem transforma-se na força de hoje.

MANUAL DO GUERREIRO DA LUZ

18 Domingo

19 Segunda-feira

20 Terça-feira

21 Quarta-feira

22 Quinta-feira

Todos os seres humanos são diferentes,
e devem exercer esse direito até suas últimas consequências.

O VENCEDOR ESTÁ SÓ

23 Sexta-feira

24 Sábado

Os caminhos se cruzam: as pessoas podem dizer como está o tempo.
Escute os conselhos, tome suas próprias decisões.
Só você é responsável pelo caminho que lhe foi confiado.

CRÔNICA — MANUAL DE CONSERVAR CAMINHOS

25 Domingo

26 Segunda-feira

27 Terça-feira

28 Quarta-feira

29 Quinta-feira

Precisamos esquecer o que achamos ser,
para que possamos realmente ser o que somos.

O ZAHIR

30 Sexta-feira

31 Sábado

Cada um sabe a dimensão do próprio sofrimento,
ou da ausência total de sentido de sua vida.

VERONIKA DECIDE MORRER

AGOSTO

Na verdade, as grandes revoluções e os grandes avanços da humanidade foram provocados por gente igual a todos nós — com a única diferença que tiveram coragem de tomar uma decisão-chave em um momento difícil.

Entusiasmo

1 Domingo

O amor é também uma coisa misteriosa:
quanto mais dividimos, mais se multiplica.

2 Segunda-feira

3 Terça-feira

Quem acredita que fracassou, fracassará sempre.
Quem decidiu que não pode agir diferente,
será destruído pela rotina.

A BRUXA DE PORTOBELLO

4 Quarta-feira

5 Quinta-feira

6 Sexta-feira

7 Sábado

8 Domingo

O simples fato de ter coragem suficiente para dizer
coisas sem sentido começou a me deixar eufórica.
Eu era livre, não precisava buscar ou dar explicações de meus atos.
Esta liberdade me levava até o céu — onde um Amor Maior,
que tudo perdoa, e jamais se sente abandonado, me acolhia de volta.

NA MARGEM DO RIO PIEDRA EU SENTEI E CHOREI

9 Segunda-feira

10 Terça-feira

A vida sem aventura não tinha graça.

11 Quarta-feira

12 Quinta-feira

13 Sexta-feira

14 Sábado

15 Domingo

Se você está vivo, você tem que sacudir os braços,
pular, fazer barulho, rir e falar com as pessoas,
porque a vida é exatamente o oposto da morte.

CRÔNICA – FRAGMENTOS DE UM DIÁRIO INEXISTENTE

16 Segunda-feira

17 Terça-feira

Cada dia do homem é uma noite escura.
Ninguém sabe o que vai acontecer no próximo minuto,
e mesmo assim as pessoas andam para a frente.
Porque confiam. Porque têm Fé.

BRIDA

18 Quarta-feira

19 Quinta-feira

20 Sexta-feira

21 Sábado

22 Domingo

Sei que o amor e as represas são iguais;
se você deixa uma brecha por onde um fio de água possa se meter,
aos poucos ele vai arrebentando as paredes
— e chega um momento em que ninguém consegue
mais controlar a força da correnteza.

NA MARGEM DO RIO PIEDRA EU SENTEI E CHOREI

23 Segunda-feira

24 Terça-feira

É justamente no momento em que tudo começa a dar certo, que é preciso prestar mais atenção.

CRÔNICA – QUANDO NOS EDUCAMOS PARA GANHAR

25 Quarta-feira

26 Quinta-feira

27 Sexta-feira

28 Sábado

29 Domingo

Cada manhã traz uma bênção escondida.
Se não usarmos este milagre hoje, ele se perderá.

CRÔNICA – DIÁLOGOS COM O MESTRE – A BUSCA DO DIÁLOGO

30 Segunda-feira

31 Terça-feira

O amor permanece. Os homens é que mudam!

SETEMBRO

Um sonho não tem data para terminar,
a vida pode mudar de uma hora para a outra,
o momento certo está esperando,
a vontade está sendo testada.

Objetivo

1 Quarta-feira

2 Quinta-feira

Siga seus sonhos, transforme sua vida num caminho que leve a Deus. Realize seus milagres. Cure. Faça profecias. Escute seu anjo da guarda. Transforme-se. Seja um guerreiro, e seja feliz em seu combate. Corra seus riscos.

NA MARGEM DO RIO PIEDRA EU SENTEI E CHOREI

3 Sexta-feira

4 Sábado

O Caminho muitas vezes nega-se a si mesmo,
para estimular o viajante a
descobrir o que existe além da próxima curva.

CRÔNICA – ENTRE EKATERINBURG E NOVOSIBIRSK

5 Domingo

6 Segunda-feira

7 Terça-feira

8 Quarta-feira

9 Quinta-feira

Todas as pessoas sobre a face da Terra têm um dom.
Em algumas ele se manifesta espontaneamente;
outras precisam trabalhar para encontrá-lo.

NA MARGEM DO RIO PIEDRA EU SENTEI E CHOREI

10 Sexta-feira

11 Sábado

Um guerreiro da luz não perde seu tempo escutando provocações;
ele tem um destino a ser cumprido.

MANUAL DO GUERREIRO DA LUZ

12 Domingo

13 Segunda-feira

14 Terça-feira

15 Quarta-feira

16 Quinta-feira

Você é apenas um instrumento da luz.
Não há motivos para se vangloriar nem para se sentir culpado;
há motivo apenas para cumprir seu destino.

CRÔNICA - O GUERREIRO DA LUZ E SEU MUNDO

17 Sexta-feira

18 Sábado

Cada ser humano tem, dentro de si,
algo muito mais importante que ele mesmo: o seu Dom.
Pois nas mãos de cada pessoa Deus colocou um Dom
— o instrumento que Ele usava para manifestar-se ao mundo,
e ajudar a humanidade.

BRIDA

19 Domingo

20 Segunda-feira

21 Terça-feira

22 Quarta-feira

23 Quinta-feira

Deus usa o silêncio, para ensinar sobre
a responsabilidade das palavras.
Usa o cansaço, para que se possa compreender o valor do despertar.
Usa a doença, para ressaltar a bênção da saúde.

MANUAL DO GUERREIRO DA LUZ

24 Sexta-feira

25 Sábado

O guerreiro deixa que a decisão se manifeste.
Se for preciso dizer sim, ele dirá com coragem.
Se for preciso dizer não, ele dirá sem covardia.
Quando o guerreiro assume uma responsabilidade,
mantém sua palavra.

CRÔNICA – RESPONSABILIDADE E RISCO

26 Domingo

27 Segunda-feira

28 Terça-feira

29 Quarta-feira

30 Quinta-feira

Acredito que as pessoas tenham,
todos os dias, uma possibilidade de saber qual
a melhor decisão a tomar em tudo que fazem.

O ZAHIR

OUTUBRO

Não é preciso tirar as montanhas dos lugares para provar a fé.

Fonte

NA MARGEM DO RIO PIEDRA EU SENTEI E CHOREI

1 Sexta-feira

2 Sábado

Só aceitando nossos desejos é que podemos
ter uma ideia de quem somos, Senhor. Amém.

BRIDA

3 Domingo

4 Segunda-feira

5 Terça-feira

6 Quarta-feira

7 Quinta-feira

A terra produz o suficiente para satisfazer a necessidade, e não a cobiça.

AS VALKÍRIAS

8 Sexta-feira

9 Sábado

Um guerreiro usa um pouco de loucura.
Porque — na guerra e no amor — não é possível prever tudo.

MANUAL DO GUERREIRO DA LUZ

10 Domingo

11 Segunda-feira

12 Terça-feira

13 Quarta-feira

14 Quinta-feira

Quem não reconhece a porta dos problemas,
termina deixando-a aberta, e as tragédias conseguem entrar.

15 Sexta-feira

16 Sábado

O guerreiro respeita o sofrimento do próximo,
e não tenta compará-lo com o seu.
A taça de sofrimentos não
é do mesmo tamanho para todo mundo.

MANUAL DO GUERREIRO DA LUZ

17 Domingo

18 Segunda-feira

19 Terça-feira

20 Quarta-feira

21 Quinta-feira

É o deserto que esconde o meu tesouro.

O ALQUIMISTA

22 Sexta-feira

23 Sábado

Em vez de ficar amaldiçoando o lugar onde caiu,
devia procurar aquilo que provocou a queda.

CRÔNICA – HISTÓRIAS DA AMÉRICA LATINA

24 Domingo

25 Segunda-feira

26 Terça-feira

27 Quarta-feira

28 Quinta-feira

Antes que certas tempestades invadam o nosso quintal,
elas enviam pequenas mensagens, que ignoramos por preguiça.

CRÔNICA — AS CRISES E AS SUAS ARMADILHAS

29 Sexta-feira

30 Sábado

Bem-aventurados os que podem dar os primeiros passos e ser capaz de falar a língua dos anjos.

NA MARGEM DO RIO PIEDRA EU SENTEI E CHOREI

31 Domingo

NOVEMBRO

Não se pode dizer para a primavera:
"tomara que chegue logo e que dure bastante."
Pode-se apenas dizer:
"venha, me abençoe com sua esperança,
e fique o máximo de tempo que puder."

Beleza

ONZE MINUTOS

1 Segunda-feira

2 Terça-feira

3 Quarta-feira

4 Quinta-feira

Quero falar de outro tipo de amor
— aquele que um homem e uma mulher compartilham,
e em que também se manifestam os milagres.

NA MARGEM DO RIO PIEDRA EU SENTEI E CHOREI

5 Sexta-feira

6 Sábado

O caminho inclui o respeito por tudo que é pequeno e sutil.
Conheça sempre o momento de tomar as atitudes necessárias.

MANUAL DO GUERREIRO DA LUZ

7 Domingo

8 Segunda-feira

9 Terça-feira

10 Quarta-feira

11 Quinta-feira

É fácil sofrer por amor a uma causa, ou a uma missão:
isto só engrandece o coração de quem sofre.

NA MARGEM DO RIO PIEDRA EU SENTEI E CHOREI

12 Sexta-feira

13 Sábado

Sempre que o homem seguisse — com sinceridade — o caminho da fé, ele seria capaz de unir-se a Deus, e operar milagres.

NA MARGEM DO RIO PIEDRA EU SENTEI E CHOREI

14 Domingo

15 Segunda-feira

16 Terça-feira

17 Quarta-feira

18 Quinta-feira

A verdade é o que nos dá a liberdade.

19 Sexta-feira

20 Sábado

Descobri o que precisava descobrir:
que a Verdade sempre está onde existe a Fé.

NA MARGEM DO RIO PIEDRA EU SENTEI E CHOREI

21 Domingo

22 Segunda-feira

23 Terça-feira

24 Quarta-feira

25 Quinta-feira

Existe alguma coisa que se possa guardar?
Tudo o que possuímos, um dia será dado.
As árvores dão para continuar a viver,
pois guardar é colocar um fim em suas existências.

A BRUXA DE PORTOBELLO

26 Sexta-feira

27 Sábado

Os seres humanos são assim...
Se você quer prendê-los de qualquer jeito, eles escapam.
Mas se for doce com eles, irão permanecer sempre ao seu lado.

28 Domingo

29 Segunda-feira

30 Terça-feira

Nosso anjo muitas vezes usa os lábios de alguém
para nos dizer algo, mas esta resposta vem de maneira casual,
geralmente num momento em que não deixamos
que nossas preocupações escureçam o milagre da vida.

CRÔNICA – DIÁLOGOS COM O MESTRE – ORGANIZANDO A BUSCA

DEZEMBRO

O guerreiro da luz ao invés de culpar-se pelo fato
de haver demorado tanto tempo para chegar onde queria,
alegra-se por saber que terminou chegando.

Encontro

No início as relações são difíceis.
Da mesma maneira que o fogo,
é necessário conformar-se com a fumaça desagradável.
Entretanto, uma vez o fogo aceso, a fumaça desaparece,
e as chamas iluminam tudo ao redor
— espalhando calor, calma, e eventualmente fazendo
saltar uma brasa que nos queima,
mas é isso que torna uma relação interessante, não é verdade?

CRÔNICA — INDEPENDÊNCIA EMOCIONAL

1 Quarta-feira

2 Quinta-feira

3 Sexta-feira

4 Sábado

5 Domingo

O mundo tem uma alma,
e chega um momento em que esta alma age
em tudo e em todos ao mesmo tempo.

NA MARGEM DO RIO PIEDRA EU SENTEI E CHOREI

6 Segunda-feira

7 Terça-feira

A felicidade é algo que se multiplica quando se divide.

8 Quarta-feira

9 Quinta-feira

10 Sexta-feira

11 Sábado

12 Domingo

Tinha sido ela, com o seu carinho e a sua alegria,
a grande responsável por ele ter
encontrado de novo o sentido da vida.

BRIDA

13 Segunda-feira

14 Terça-feira

O coração, liberto das maldições, tomava conta de tudo.

15 Quarta-feira

16 Quinta-feira

17 Sexta-feira

18 Sábado

19 Domingo

Não existe outra maneira de estar perto das pessoas sem ser uma delas.

BRIDA

20 Segunda-feira

21 Terça-feira

E o maior mérito não é daquele que oferece,
mas do que recebe sem se sentir devedor.
O homem dá pouco quando dispõe apenas
dos bens materiais que possui;
mas dá muito quando entrega a si mesmo.

A BRUXA DE PORTOBELLO

22 Quarta-feira

23 Quinta-feira

24 Sexta-feira

25 Sábado

26 Domingo

Todo guerreiro da luz já falhou em suas obrigações espirituais.
Por isso é um guerreiro da luz; porque passou por tudo isso,
e não perdeu a esperança de ser melhor do que era.
Por isso são guerreiros da luz. Porque erram. Porque se perguntam.
Porque procuram uma razão
— e com certeza vão encontrá-la.

CRÔNICA – EM BUSCA DO LÍDER PERFEITO

27 Segunda-feira

28 Terça-feira

Descobri que a busca pode ser tão interessante quanto o encontro.

BRIDA

29 Quarta-feira

30 Quinta-feira

31 Sexta-feira

Os verdadeiros companheiros de um guerreiro
estão ao seu lado em todos os momentos,
nas horas difíceis e nas horas fáceis.

CRÔNICA — O GUERREIRO DA LUZ E A ESTRATÉGIA

Título original: *Inspiração 2010*

Publicado por acordo com
Sant Jordi Asociados Agencia Literaria, S.L.,
Barcelona, Espanha
www.santjordi-asociados.com

Seleção de textos e edição: Márcia Botelho
Ilustrações: Catalina Estrada at Folioart.co.uk
Fotografia do autor: © Boris Buzin
Projeto gráfico: Lene Stangebye Geving
Revisão: Anabela Mesquita
Produção gráfica: Ragnar Sørum

CIP-BRASIL. CATALOGAÇÃO-NA-FONTE
SINDICATO NACIONAL DOS EDITORES DE LIVROS, RJ

C614a Coelho, Paulo, 1947-
Inspirações 2010/ Paulo Coelho. - Rio de Janeiro : Sem Fronteiras, 2009.

ISBN 978-85-209-2306-1

1. Sucesso. 2. Inspirações 2010. I. Título.

CDD: 158.1
CDU: 159.947

Impresso e montado em TBB, Eslováquia, 2009